BoD – Books on Demand

Über die Autorin:
Marion Keil ist 1973 geboren. Bereits als Kind hat sie ihre Leidenschaft zum Schreiben entdeckt. Zunächst schrieb sie Kindergeschichten für die Zeitung. Als Grundschullehrerin hat sie in mehreren Verlagen als Autorin Sachbücher, Unterrichtsmaterialien und das Kinderbuch „Verliebt in Klasse 3b" veröffentlicht.

Marion Keil

Mein Wundermixer

-

Warten auf eine Küchenmaschine

Roman

BoD – Books on Demand, Norderstedt

Bibliografische Information der Deutschen
Nationalbibliothek:
Die Deutsche Nationalbibliothek verzeichnet
diese Publikation in der Deutschen
Nationalbibliografie; detaillierte bibliografische
Daten sind im Internet über http://dnb.dnb.de
abrufbar.

© 2015 Marion Keil

Herstellung und Verlag:

BoD – Books on Demand, Norderstedt

ISBN: 978-3-738-65287-1

**Für Wundermixer-Fans
und alle, die es noch werden
wollen**

Vorwort

Eigentlich bin ich sehr gespannt, aus welchem Grund Sie sich dieses Buch gekauft haben.

Sicher gehören Sie zu einer der drei Kategorien:

1. Sie haben schon einen Wundermixer. Dann werden Sie sich an vielen Stellen im Buch wiederfinden.

2. Sie warten auf den Wundermixer und möchten sich die Wartezeit darauf verkürzen oder

3. Sie interessieren sich für den Wundermixer.

Lassen Sie sich in allen drei Fällen gut unterhalten, denn das Buch ist aus dem wahren Leben, meiner Erfahrung mit dem Wundermixer.

Viel Spaß wünscht die Autorin Marion Keil

1. Kapitel: Einladung zum Erlebniskochen
Meine beste Freundin ruft mich irgendwann vor Weihnachten an, um mir zu berichten, dass sie auf den Wundermixer-Abend einer Freundin eingeladen ist, um sich dieses Gerät vorführen zu lassen. „O nein", denke ich. So ein Abend wo die psychologisch geschulte Verkaufskraft alle Personen bearbeitet, bis sie ihn kaufen! Verkaufsabende kenne ich natürlich vom Plastikwarenhersteller, von Parfüm, Töpfen, von Dessous (zu welchem Abend ich dann doch nicht hingegangen bin), Kinderbüchern etc. Immer kaufte ich eine Kleinigkeit aus Höflichkeit gegenüber der Verkäuferin und meiner Freundin, die dann noch ein Gastgeschenk obendrauf bekam. Diese Verkaufsabende sind dann meist der Verkaufshit, denn es gibt nur wenige Menschen, die zum Schluss wirklich resistent gegen die toll geschilderten Vorzüge der angepriesenen Waren sind und die so abgebrüht sind, alles abzulehnen und sich heimlich ohne einen Kauf wieder aus dem Staub zu machen. Aber was kann man aus Höflichkeit bei Wundermixer-Abenden kaufen außer dem teuren Küchengerät? Sicher wird meine Freundin mir davon berichten! Erst vor zwei Wochen habe ich das erste Mal vom Wundermixer gehört, obwohl es ihn schon seit 1961 gibt. Schließlich ist die Firma ja

ziemlich bekannt! Aber eben bei den meisten Leuten nur durch die Staubsauger. Jeder kennt noch die Staubsaugervertreter, die klingeln und den Teppich mit ihrem Gerät bearbeiten. Auch bei uns gingen sie früher ein und aus und wir gehörten eben auch zu den Leuten, die den grünen Teppichflitzer kauften. Am allertollsten fand ich aber als Kind den Shampoonierer, den wir aufgrund des seltenen Gebrauchs und des hohen Preises mit sämtlichen Verwandten zusammen erstanden und vierteljährlich als Wanderpokal von Haushalt zu Haushalt gaben. Leider war der „Schnee", den man zunächst auf dem Teppich verteilen sollte, kein echter wie wir Kinder erst bei der Ausschüttung dessen erfuhren, sondern eine weiße, wohlriechende pulvrige Materie, die in den Teppich massiert wurde. Der Stiel mit Rüttelplatte wurde von meinen Eltern sorgsam über den weiß beschneiten Teppich geführt, um das Pulver zuverlässig in jede Teppichfaser einzurütteln. Anschließend durfte man das gesamte Terrain nicht betreten, bevor es nach Einwirkzeit wieder mit dem Staubsauger aufgesaugt worden war. Der Teppich war dann duftig und bei näherem Hinsehen auch sauberer und wieder farbenfroher geworden. Ich glaube ja diesen Shampoonierer kauften so viele Leute zum Staubsauger auch noch dazu, weil der Staubsaugervertreter zur Vorführung jeweils einen kleinen Flecken des Teppichs shampoonierte und man den sauberen Fleck auf dem Teppich und den so deutlich gewordenen schmutzigen Restteppich nicht bis zum nächsten Geburtstag mit der ganzen Verwandtschaft lassen wollte. Aber meine Eltern waren immer von der guten deutschen Marke überzeugt, zufrieden und begeistert. Lustig sind dazu dann auch die Geschichten von Menschen, die den Vertreter das ganze Haus saugen lassen, aber schlussendlich keinen Staubsauger genommen haben. Vielleicht klingeln sie deshalb heute nicht mehr so häufig… Jedenfalls macht diese Firma nach dem Staubsaugererfolg auch Küchengeräte, von denen ich letztens durch meine Arbeitskollegin erfuhr. Zur Mittagspause schleppte sie einen leckeren Kuchen an, der von der Konfirmation ihres Neffen am Vortag übrig geblieben war. Da es bei uns üblich ist, von schmackhaften Köstlichkeiten Rezepte auszutauschen, fragte ich sie eben nach dem Rezept. „Hast du einen Wundermixer? Sonst kannst du ihn nicht machen", antwortete sie. Na klar habe ich einen Mixer, wie sonst kann ich Teig rühren! Doch sie meinte, ein „Wundermixer" sei etwas anderes, ein Küchengerät von eben der Staubsaugerfirma. Natürlich besaß ich dieses Gerät, dessen Namen ich noch nie gehört hatte, nicht und behauptete: „Ach Quatsch, den Kuchen kann man doch sicher auch ohne dieses Gerät per Hand machen." Weiter konnte sie es nun auch nicht erklären, nur, dass es einige Sachen gäbe, die könnte nur der Wundermixer machen… Dies alles schien mir etwas befremdlich und ich ließ die Sache auf sich beruhen. Schließlich hatte ich schon eine Sammlung an anderen Kuchenrezepten im Schrank. Bis auf weiteres machte ich auch keine weitere Bekanntschaft mit Leuten, die den Wundermixer besaßen. Bis eben meine Freundin mir von ihrem Besuch beim Wundermixer-Abend berichtet.

Und tatsächlich, schon wenige Tage nach dem besagten Vorführabend meiner Freundin kommt die Rückmeldung dazu: „Ich habe mir nach langem Hin und Her den Wundermixer bestellt. Würdest du denn zu einem Erlebniskochen auch mal zu mir kommen?" „Hab ich es doch gewusst! Natürlich hat sie sich bequatschen lassen und ihn bestellt", geht es mir sofort durch den Kopf. Doch das kann und will ich ihr so nicht sagen, denn mit besten Freundinnen ist das ja immer so eine Sache. Sicher kennen Sie das auch. Man schwankt permanent zwischen ehrlicher und beschönigender bis neutraler Antwort auf Fragen. Gerade neulich traf ich mich mit Freundinnen zum Ausgehen und meine Freundin kam mit einem neuen Kleid. „Und wie steht es mir?" war die erste und befürchtete Frage. Und ehrlich gesagt, fand ich es grauenhaft. Für ihre, naja moppelige Figur (wobei moppelig auch wieder zu negativ klingt und wahrscheinlich eher kräftig gebaut zutreffen würde) waren die großen Muster nicht vorteilhaft, am Bauch kamen die Speckröllchen zum Vorschein und über die Länge, die nicht mal bis zu den Knien reichte und den Überkniespeck zum Oberschenkel hin freiließ, konnte man auch streiten. „Ein echtes Designerkleid, total teuer, aber ich musste es mir leisten", schob sie auch noch hinterher. Also fällt die Wahrheit schon mal aus. Manchmal kann man ja auch ablenken mit: „Deine Frisur passt total gut dazu!", aber hier war ein Kommentar zum Kleid gefragt. Meine umschreibende und Unheil vermeidende Antwort war dann: „Ein tolles Designerkleid wie ich finde, wo hast du es denn her?" Meine Freundin war zufrieden und schwärmte vom Stadtbummel letzte Woche, bei dem sie auch noch ihren alten Freund Paul getroffen hatte. Glücklich gerettet. Auch zum Thema „Ich habe mir den Wundermixer bestellt", fällt mir etwas Passenderes ein als: „Bist du bescheuert für eine Küchenmaschine so viel Geld auszugeben!" „Oh, wie kommt´s, dass du sie bestellt hast? War die Wundermixer-Frau so überzeugend?" Nach einer Welle der Begeisterung meiner Freundin über die neuen modernen Funktionen und die passende App fürs Handy dazu kommt dann auch wieder die unsägliche Frage an mich: „Kommst du denn zu meinem Erlebniskochen? Du musst dir das Gerät unbedingt anschauen! Katja und Tina kommen auch!" Hier gibt es nun keine sachlichen Ausflüchte, die Frage ist ja oder nein und ehrlich: Wer kann da nein sagen, wenn die Freundin anfragt. So ist mein erster Wundermixer-Abend gebucht! Naja, mache ich das Beste daraus, vielleicht gibt es ja was zu essen und auch die Gelegenheit für einen Plausch mit meinen Freundinnen, denke ich noch so…

2. Kapitel: Der besagte Abend

Mein erstes Date mit dem Wundermixer war mir scheinbar doch nicht so wichtig, denn zwei Tage vor dem verabredeten Abend kommt die Erinnerung meiner Freundin und ich muss gestehen, dass ich mir den Termin weder notiert noch gespeichert habe und ihn schlicht und einfach vergessen hätte. Mist, meinem Mann habe ich auch noch nichts gesagt und jetzt muss ich ihm mein Vorhaben schildern, denn natürlich brauchen wir für Samstagabend einen Aufpasser zuhause für Kind und Kegel. „Hast du Samstagabend schon was vor? Ich treffe mich mit Miriam, sie hat uns zu so einem Kochvorführabend eingeladen!", versuche ich es zu umschreiben. „Nein, ich bin da, alles klar!" Schon denke ich, das wäre glimpflich ausgegangen, doch mein Mann hakt nach: „Was denn für eine Vorführung, doch nicht etwa so ein Verkaufsabend?" „Äh, naja, also ich werde auf keinen Fall was kaufen, ich habe es Miriam nur schon so lange versprochen zu kommen." „Doch nicht etwa der Wundermixer?" Nun bin ich sprachlos. Woher kennt mein Mann den denn? „Woher kennst du denn den Wundermixer?" „Der ist doch gerade in aller Munde, weil die Frauen darauf stehen. Da habe ich jetzt gerade etwas Bedenken dich da hingehen zu lassen. Nachher willst du den auch haben!" „Ach Quatsch, ich bin nur neugierig und Miriam und ich haben uns ja auch so lange nicht getroffen, das ist doch eine gute Gelegenheit mal wieder zu quatschen. Ich bin doch nicht anfällig für eine Küchenmaschine, das solltest du auch wissen. Außerdem weiß ich genau, dass die Verkäufer da psychologisch geschult sind und einem was aufschwätzen wollen. Darauf falle ICH doch nicht rein und das solltest du auch wissen", empöre ich mich und die Sache ist geklärt: Ich habe am Samstag Ausgang!

Doch irgendwie stehen die Zeichen für meine erste Begegnung mit dem super Gerät dann doch nicht so gut, denn Samstagmittag fängt es an zu schneien und schneien. Und bei Schnee fahre ich weder gut noch gerne. Auch mein Mann weiß das natürlich und unkt die ganze Zeit: „Na, jetzt fällt deine Vorführung doch aus. Bei so einem Wetter fährt ja keiner!" Aber wie beste Freundinnen so sind: Versprochen ist versprochen und ich mache mich auf den Weg, gespannt auf die Wundermixer-Frau und ihr Zaubergerät!

Tatsächlich komme ich auch an und treffe auf eine fröhliche Runde mit einer mir sehr sympathischen Frau (nennen wir sie hier im Buch „Frau Wundermixer") und meinen Freundinnen. Doch schon nach dem Platznehmen wird mir wieder der Sinn und Zweck der Veranstaltung klar: Der Verkauf des Gerätes. Eine klappbare Mappe der Verkäuferin mit bunten Bildchen und immer lächelnden Personen darauf wird von ihr präsentiert, um den Sinn des Abends einzuläuten. Auch seine Adresse soll man gleich mal notieren und ich überlege fieberhaft, welche Daten ich preisgeben will, damit sie nicht wie man das so aus dem Fernsehen hört, am nächsten Tag bei uns klingelt, anruft oder gleich beides: Ich sehe das Bild schon vor mir: Es klingelt an der Tür, mein Mann geht Sonntagmittag nichtsahnend hin und da steht sie mit ihrer Mappe mit den lächelnden Bildern. Wie eben die Leute mit den christlichen Botschaften, die Tiefkühlmänner, die Zirkusspendensammler, Zeitungsaboverkäufer etc. Genau wie bei diesen wird mein Mann sagen: „Nein danke, wir kaufen nichts und schon gar nicht Sonntagmittag!" Rums. Tür zu! Um mir das zu ersparen, schreibe ich erstmal meinen Namen hin. Weiß ja dann keiner wo ich wohne und schon geht es nach einer unerwartet kurzen Einführungszeit und Verteilen von Menükärtchen hin zum Küchengerät, das meine Freundin schon auf der Anrichte platziert hat. Nach dem Anschauen des Gerätes und der Erklärung des wenigen Zubehörs wie Einsatzkörbchen, Mixgerät, Messbecher, Deckel, Spatel, Dampfgareinheit mit Deckel und Kochbuch folgen die Funktionen: Touchdisplay, Drehknopf und eigentlich schon fertig. „Kann ja jetzt nicht so schwer sein, wenn man ein Smartphone bedienen kann", denke ich mir, denn ich bin die erste Person, die beim Zubereiten der Speisen des Abends mithelfen soll. Das sagt zumindest das Menükärtchen, welches ich gezogen habe. Hierauf sind leckere Brötchen abgebildet und ich schlage die Seite im doch sehr monströsen Kochbuch schon mal auf. Warum meine Freundin schon einen Schritt hinter mir steht, wird mir dann im ersten „Kochschritt" klar. Das Zermahlen der Dinkelkörner macht einen Höllenlärm und ich überlege mir, dass das Gerät doch bei Frauen mit Babys jetzt schon durchgefallen sein muss.

Schließlich kann ich mich noch genau an die Zeit erinnern, in der man schon um 11 Uhr bei Regenwetter, Bespaßung und Bespielung des Babys im heimischen Krabbeldeckchenparadies freudig dachte: Gleich ist Mittagsschläfchen und meine Zeit ist gekommen! Eine unsagbar wunderbare Zeit mit zwei Stunden zuverlässigem Mittagsschläfchen des Babys und einer wunderbaren Ruhe im Haus. Wenn nicht der Postbote das Baby wachklingelt, der Nachbarhund das Kind aufbellt, die Müllabfuhr das sanft schlafende Baby tonnenrüttelnd erweckt oder der Nachbar seinen Rasen mulcht, mäht, sägt, hämmert, laubsaugt oder ähnliches. Jedenfalls im Normalfall eine freie Zeit für Erledigungen der Mami aller Art: Wahlweise mitschlafen, den Krimi zu Ende lesen, die Spielschlacht im Wohnzimmer für den Nachmittagsbesuch wegräumen, Wäsche ohne Schließen der Türgitterchen auf allen Etagen in den Keller zur Waschmaschine bringen. Oder mal telefonieren, ohne dass das Kind aus dem Wäschekorb, in den es wie auch immer hineingekrabbelt ist, rausfällt oder währenddessen die Blumenerde des neuen Gummibaums isst. Oder eben kochen und backen für das Baby, das Familienabendessen, den Nachmittagsbesuch zur Kinderbespielung oder das bevorstehende Familienfest. Aber wohl keine Dinkelbrötchen, denn jetzt weiß ich, warum meine Freundin sich auch noch die Ohren zuhält. Ob es dazu auch noch „Mickymäuse", diese Lärmschutzkopfhörer gibt, scherze ich. Doch Frau Wundermixer weiß Rat: „Das ist nur kurz so laut, dann wird es leiser. Schließlich ist der Wundermixer mit einem der leistungsstärksten Motoren ausgestattet. Mit über 10.000 Umdrehungen pro Minute und einem Edelstahlmesser unten im Topf ist es reibungslos möglich alle festen Stoffe im Handumdrehen zu zerkleinern." Und tatsächlich, der ohrenbetäubende Lärm ebbt schnell wieder ab und nach Öffnung des Deckels kommt ein pulverisiertes und streichelzartes Dinkelmedium zum Vorschein. Schon beeindruckend auf den ersten Blick. Doch mein Verstand sagt mir, dass ich Dinkelbrötchen schnell mal beim Bäcker gekauft habe! Nur hier nichts gut finden, fällt mir wieder ein, schließlich habe ich mir vorgenommen und schon im Vorfeld mit meiner Freundin abgesprochen (und natürlich hoch und heilig meinem Mann versprochen), dass ich hier und heute nichts kaufe! Meine Freundin hat mich daraufhin beruhigt, denn Katja ist wohl ernsthaft interessiert und so könnten wir anderen beruhigt kommen und nicht voll Scham über die nicht getätigte Unterschrift im Boden versinken bei der Frage, ob wir denn jetzt einen wollen. Also war der vorher verabredete Deal, dass Katja sich dazu entschließt ihn direkt zu kaufen, so dass wir anderen beruhigt kommen und schauen können ohne schlechtes Gewissen.

Weiter geht es geschwind mit dem Einfüllen des Teiges zu dem Dinkel: Dazu aktiviert Frau Wundermixer mal geschwind die Waage im Display, um Wasser, Mehl und weitere Zutaten gleich reinzuschütten und die richtige Menge zu sehen. Schon praktisch, dass man keine wackelnde Billigmarktwaage mehr braucht wie ich. Immer wenn ich sie mal benutzen will, sind entweder die Batterien leer oder im Display erscheint nicht Gramm sondern Unze. Da ich die Anleitung für dieses günstig erstandene Wackelteil schon längst nicht mehr finde, drücke ich also immer alle Knöpfe bis es wieder auf Gramm steht. Manchmal! Wenn ich vorher die Geduld verliere, nehme ich den Messbecher, der durch die Durchsichtigkeit ohne Brille auch nicht immer so ohne weiteres abzulesen ist. Meine Mutter hatte früher immer so einen silbernen mit außen roten Streifen darauf, der war toll! Allein schon wegen dem silbrigen Glitzer um das Mehl herum habe ich das Abwiegen des Mehls für den Waffelteig zuhause geliebt. Vielleicht sollte ich doch mal im Internet nach diesem genialen Teil forschen, fällt mir ein. Doch während ich noch von silbrig-roten Messbechern träume, ist der Teig schon eingewogen. Ohne Knöpfe drücken, Brille holen oder Zahlen ablesen. Einfach im Gerät integriert. Schon praktisch. Ach, ich wollte mich ja nicht für die Waage und das Gerät begeistern!

Doch jetzt kommt der erste Punkt meiner Enttäuschung: Wir brauchen den Backofen! Was? Er kann die Brötchen nicht backen? Aber das wusste ich ja schon vorher. „Wäre cool, wenn er auch backen könnte!", entfährt es mir. „O ja, Frau Keil", spricht mich die lächelnde Frau Wundermixer jetzt direkt an. „Sie kennt schon meinen Namen!", durchfährt es mich. Das ist Konzept der Marketingstrategie: die Ansprache mit Namen, um eine persönliche Beziehung herzustellen, denke ich. Ach du je! Jetzt sind wir schon Freundinnen und ich kann später auf gar keinen Fall ablehnen, wenn mich eine Freundin bittet ihr den Wundermixer abzukaufen, damit sie eine Provision bekommt. Von der sie dann auch mal außer der Reihe mit ihren Kindern ins Kino gehen und Eis essen gehen kann. Oder sich doch mal einen neuen Pulli kaufen kann. Oder Sommerurlaub mit den Kindern. Das wäre doch toll, wo hier das Wetter in Deutschland nicht so zuverlässig warm und sonnig in den Sommerferien ist. Vielleicht braucht sie das Geld auch, um alleinerziehend ihre Kinder über die

Runden zu kriegen und am Ende des Monats noch mal ein Pausenbrot kaufen und abends Nudeln machen zu können. Diese Geschichten kennt man ja aus dem Fernsehen mit der Kinderarmut und den leeren Geschäften zum Monatsende. Ich lächele sie etwas mitleidig an und sie sagt: „Ihre Bratpfanne und ihren Backofen werden sie nach wie vor brauchen!" WAS? Ich bin aus dem leergefegten Supermarkt zurück in Miriams Küche. „Ja" Sie schaut mich verständnislos an. „Braten und Backen kann der Wundermixer nicht! Daher müssen wir jetzt den Ofen vorheizen, während ich die Brötchen und das Baguette forme." Sie kramt in ihrem Korb und holt weitere Utensilien wie Holzbrett und Spatel hervor. „Haben sie Kinder?", frage ich sie. „Meine Kinder sind schon aus dem Haus. Ich habe vor ihrer Geburt schon mal Wundermixer verkauft und jetzt bin ich wieder dazu gekommen!" Jetzt befreunden wir uns doch! Aber ich bin erleichtert, dass sie doch kein Monatsenden-Pausenbrot vom Wundermixer-Gehalt finanzieren muss. Für das Baguette hat sie eine tolle Idee parat: Ein Pesto, das sie vor dem Abend zuhause schon vorbereitet hat (natürlich superleicht im Wundermixer), wird auf den Teig geschmiert und eingewickelt. Alle freuen sich auf Baguette mit Pesto, während wir es mit den Brötchen in den Ofen schieben. Die Wartezeit wollen wir mit Menükarte 2, Himbeereis überbrücken. Eis? Ich traue meinen Ohren nicht, denn wie geht Eis so schnell? Oder wie lange sollte das hier dauern? Mir fällt ein, dass keiner was zum Ende der Veranstaltung erwähnt hat, beruhige mich aber, während der Baguettegeruch schon aus dem Ofen strömt und wir Eis machen wollen. Unsere Eismaschine haben wir auch lange nicht benutzt, kommt es mir in den Sinn. Eigentlich und ehrlich haben wir sie nur zweimal benutzt: Nachdem ich sie meinem Mann zum Geburtstag geschenkt hatte und für eine weitere Eissorte an einem Samstagabend. Genau genommen hat es aber eine Weile gedauert, bis wir dieses Gerät benutzen konnten. Wie schon erwähnt hatte ich die grandiose, überragende Idee dieses Geburtstagsgeschenks für meinen Mann. Schließlich hatten wir auch schon eine Zuckerwattemaschine (die übrigens häufiger zum Einsatz kam bis sie den geschmolzenen Zucker über den Tisch hinweg auf den Küchenboden zu einer klebrigen Masse verschleuderte und entsorgt werden musste!), da konnte eine Eismaschine wohl auch noch Platz finden. Und welch eine Ersparnis gegenüber den steigenden Preisen beim Eismann unseres Vertrauens, der von Sommer zu Sommer die Preise erhöht, weil er wohl nach der langen Winterpause denkt, die Leute wüssten nicht mehr, was das Eis im Vorjahr gekostet hat. Doch ich habe es nicht vergessen und im März beim ersten Sonnenstrahl und Eismannklingeln immer zu wenig Geld in der Hosentasche, um meiner Tochter ein Eis zu kaufen. Glücklicherweise kennt er uns und wir können beim ersten nicht gewussten Preiserhöhungseiskauf des Jahres bei ihm „anschreiben" lassen bis zum nächsten Mal. Jedenfalls war die Freude über das coole Geschenk bei meinem Mann groß, bei mir noch größer und ich kaufte laut Zutatenliste alles ein, um gleich mal am nächsten Tag selber Eis zu machen. Die Ernüchterung kam mit dem Lesen der Anleitung. Hätte ich das bloß vorher getan. Das Innenteil des Eismaschinchens sollte vor der Eiszubereitung 12 Stunden im Eisfach vorgekühlt werden! Da wir damals nur zwei Eisfächer besaßen, die mit Pizza, Eiswürfeln, eingefrorenen Himbeeren für das Eis, Brötchen und diversen Kühlpacks überfüllt war, dauerte es noch mit dem Eis. Es gab dann zwei Tage Pizza und Brötchen und endlich konnte das Eismaschinenteil eingefroren werden. Die Zubereitung des Eises war dann auch abendfüllend, denn nach dem Mixen der Sahne-Himbeer-Zucker-Masse musste es noch über eine Stunde im eigentlichen Gerät gerührt werden. Als der Küchenwecker klingelte und es endlich fertig sein sollte, war ich schon längst vor dem Fernseher eingeschlafen und beschloss, das Eis in dem nun leeren Froster für morgen einzufrieren. Das Eis schmeckte dann irgendwie auch nicht so gut wie beim Eismann, daher beschlossen wir in gleicher Weise schon nachmittags eine zweite Sorte mit Schoko auszuprobieren, die überzeugender war. Aufgrund des unsäglichen Aufwands der Eisproduktion hatte ich für den Rest des Sommers dann doch immer Eismanngeld in der Hosentasche! Spannend also wie Frau Wundermixer nun Eis zaubern will ohne Vorfrostaktion und zwischen den eigentlichen Mahlzeiten, die wir wohl auch noch zubereiten wollen. Na, das kann ja heute Mitternacht werden! Gut, dass es kein Fernsehen gibt, sonst wäre ich schon vor dem Hauptgang eingeschlafen. Umso beeindruckter bin ich, dass nach Pulverisierung von Zucker und Zugabe von gefrorenen Himbeeren (die wieder mit aller Wucht zerschmettert werden, meinem Mann würde das sicher gefallen!) und Sahne ein Blitzeis fertig ist. Es schmeckt ähnlich wie Sorbet und zergeht auf der Zunge. Und das so schnell zwischendurch. Wirklich sehr, sehr lecker. „Schoko schmeckt auch gut", schwärmt Miriam und ich kann es mir vorstellen. Echt praktisch. Ach, ich wollte ja nicht sooo begeistert davon sein. Schließlich klingelt der Eismann täglich vor unserem Haus und wir können anschreiben lassen, wie praktisch ist das denn! Es geht in die nächste Runde und wir machen Rohkostsalat. Dazu holt Frau Wundermixer kleine Dosen aus ihrem Korb. Na gut, die Schnippelarbeit erspart sie uns, doch das muss man natürlich auch mit einbeziehen, denn außer Braten und Backen kann er auch nicht Einkaufen gehen und Schnippeln. Diese kritische Anmerkung muss ich jetzt aber mal machen. Doch Frau Wundermixer hat wieder eine entkräftende und klare Antwort dazu: „Stimmt, alles nimmt er einem dann doch nicht ab. Trotzdem hat man die Hände frei und muss beispielsweise nicht dabei stehen, rühren und kann schon während er tätig ist die weiteren Dinge vorbereiten oder zum Beispiel wie ich jetzt die Sachen von zuvor abspülen." Genau da wären wir beim Thema, zu dem ich nochmal kritisch nachfragen muss: „Das Messer im Topf gefällt mir nicht, denn das kann man so schlecht sauber machen ohne sich zu schneiden und alles bleibt darunter hängen." Frau Wundermixer demonstriert postwendend: „Wir haben nun das Brokkoli zerkleinert und alles hängt noch unter dem Messer, welches übrigens nicht geschliffen ist!" „Was?" Lange fragende Gesichter beim Publikum. „Wie kriegt der das denn dann so klein? Nur durch die hohe Drehzahl?" „Ja, er kann auf höchster Stufe bis zu 10.200 Umdrehungen pro Minute bei einer Leistung von 500 Watt!" Ich verstehe nur Bahnhof, mein Mann wäre sicher begeistert vom Edelstahlmesser und der Leistung. Schade eigentlich, dass er jetzt nicht seinen technischen Senf, mit dem er ja sonst nicht gerade sparsam ist, wenn es ums Klugscheißen geht, dazugeben kann. Frau Wundermixer schaut in die stirnrunzelnde Runde und meint: „Eine Waschmaschine kann im Vergleich dazu nur vielleicht allerhöchstens 1500 Umdrehungen machen." Aha, das verstehen wir modernen und guten Hausfrauen und nicken andächtig. Schon ein leistungsstarkes Gerät, echt praktisch ohne scharfe Messer. Aber ich wollte mich ja nicht begeistern lassen. Also hake ich gleich nochmal nach: „Aber unter die Messer kommt man trotzdem echt schlecht!" „Da zeige ich Ihnen mal zwei Tricks Frau Keil!" Schon wieder mein Name. Mann o Mann, was mache ich hier bloß? Wir werden immer dickere Freunde. Schon dreht Frau Wundermixer das Zaubergerät auf volle Stufe und er rattert nochmal los, obwohl schon alles geschnitten ist. Das Ergebnis ist beeindruckend: „Der Brokkoli, der eben noch unter dem Messer hing, klebt jetzt wie durch Zauberhand an der Topfwand." „Wie haben Sie das denn gemacht?", ruft Katja freudig aus. „Na, durch die Umdrehungen ist es hochgeflogen!", antworte ich grinsend und freue mich, dass ich jetzt auch die technischen Details immer besser verstehen kann. Erst beim bewundernden Blick von Frau Wundermixer erschrecke ich. Sie schaut mich an, als könne ich die nächste Vorführung fast schon selbst leiten und lobt mich: „Genau, Frau Keil!" Hat sie nicht zu Beginn etwas davon erzählt man könne den Wundermixer auch verkaufen und sich verdienen. Na das fehlte mir noch! Trotzdem bin ich geneigt ihr das „Du" anzubieten, damit Sie nicht immer mit dieser besonderen Betonung auf Keil meinen Namen nennen muss. Marion hört sich da schon netter an wie ich finde und wir sind ja altersmäßig auch nicht so weit auseinander, wenn auch Ihre Kinder schon aus dem Haus sind. Vielleicht ist sie sogar gleich alt, da ich mit dem Kinderkriegen erst später angefangen habe. Ich rechne nach: Theoretisch könnte ich auch schon ein Kind außer Haus haben… Aber es geht jetzt wirklich mit mir durch: Auch wenn sie gleich alt ist, wird sie jetzt nicht meine Freundin werden, denn dann ist wirklich alles aus. Wie komme ich dann aus dieser Nummer hier wieder raus! Nun hilft Tina ein: „Ah und damit Sie das Brokkoli da wieder rausbekommen, gibt es den tollen Spatel!" „Ja genau!" Jetzt ist sie auch begeistert bei der Sache. Ob meine Freundinnen so ein ähnlich vertrautes Gefühl mit Frau Wundermixer haben? Jedenfalls

lächeln sie gerade um die Wette mit ihr. Das hat sich die Firma ja wirklich gut ausgedacht. Wahrscheinlich gab es ein Lächel-Casting, um bei ihnen anheuern zu können. Hat ja schon meine Oma gesagt: „Wer kein freundliches Gesicht hat, der soll keinen Laden aufmachen!"
Vielleicht ist aber Frau Wundermixer nur ein netter, immer gut gelaunter Mensch? Soll es ja auch geben. Dann hätten wir natürlich außerordentliches Glück und ich würde sie gerne in meinen Freundeskreis aufnehmen. Schluss jetzt aber mit dem Freundschaftsgefasel und wieder aufs Geschehen konzentriert, denn schon klingelt der Küchenwecker für Brötchen und Baguette im Ofen. Jedenfalls ist die Stimmung gut und ich überlege wie lange wir hier schon zu Gange sind. Was, erst eine Dreiviertelstunde? Na, das hätte ich jetzt nicht gedacht, dass alles so schnell ging. Während ich mich wie beim Eis schon auf das Verzehren des Rohkostsalates mit dem schnell dazu gemischten und verrührten Dressing und den Brötchen und Baguettes freue, kommt die Ansage, dass wir erst noch ein Hauptgericht zaubern. Was? Dabei habe ich so einen Hunger! Und ein Hauptgericht? Das dauert ja bestimmt nochmal eine Stunde! Nun gut: Da muss ich wohl durch und mein Magenknurren unterdrücken. Nun zeigt Frau Wundermixer noch,

dass man ihn, den super Mixer, auch auseinander nehmen und in die Spülmaschine stecken kann sowie den Spülgang, der mich sehr begeistert: Einfach mit ein bisschen heißem Wasser und Spülmittel wieder kurz die flugzeugturbinenmäßige Höchststufe einstellen und schon ist beim Reinschauen alles sauber. Auch die Reste von Brokkoli haben sich von der Topfwand und unter dem Messer gelöst. Ausschütten, fertig für den Hauptgang. Schon wieder lächele ich erfreut vor Begeisterung, bringe meine Gesichtszüge aber schnell wieder unter Kontrolle, denn ich wollte hier ja nicht schwach und begeistert werden! Im Prinzip funktioniert das ja mit meinen super Töpfen auch mit heißem Wasser, Spüli und einer Bürste problemlos! Ist ja nur Show hier, damit wir nachher doch alle überzeugt sind vom Kauf! Aber darauf werde ich nicht reinfallen. Nein, da kann ich ganz eisern sein. Überhaupt lernt man mit dem Alter viel besser auf sich und seine Grenzen aufzupassen und auch mal „Nein" zu sagen. Früher bin ich von jeder Vereinsversammlung nach Hause gekommen und habe einen Posten mitgebracht. Und auch im Beruf konnte ich die Stille nicht ertragen, wenn gefragt wurde, wer denn das mal machen kann. Ist ja auch wirklich unangenehm, wenn alle unter sich schauen und jeder die Arbeit scheut. Vielleicht macht es ja dann doch Spaß, wenn man schon mal dran ist. Das wäre auch sicher bei mir so gewesen, wenn ich nicht immer und überall „Hier" gerufen und dann immer mehrere Aufgaben gleichzeitig zu erledigen gehabt hätte, privat und beruflich. Jedenfalls halte ich jetzt die Stille bei Verteilung von Aufgaben und Posten besser aus. Naja, meistens jedenfalls. Und manchmal gehe ich einfach auf Toilette! Wenn ich Glück habe, ist bei meiner Rückkehr vom Örtchen schon jemand gewählt, ausgeguckt oder ausgelost und alle schauen mich fragend an, wenn ich wiederkomme! Ja, ich hätte es ja gerne gemacht, aber leider musste ich mal kurz für kleine Mädchen und ihr habt nicht gewartet! Wer konnte denn auch ahnen, dass das hier so schnell entschieden wird! Also auch heute eine gute Gelegenheit mein neues Nein-Sager-Selbstbewusstsein zu testen und zu stärken. Wo war nochmal hier die Toilette? Und schon wieder bittet Frau Wundermixer mich, das dicke Kochbuch zu halten und die Rezepte daraus vorzulesen. Muss ich denn immer in der ersten Reihe stehen? Hat sie mich jetzt doch schon als IHRE Freundin erwählt? Warum kommen denn die anderen nicht dran? Und wie war das mit dem Nein sagen? Es gelingt mir tatsächlich: „Kann das nicht mal jemand anderes halten oder können wir es nicht irgendwo hinlegen, mir fallen fast die Arme ab!" Doch beim Umsehen muss ich erkennen, dass die Anrichte mit weiteren Utensilien für das Hauptgericht, dem Brötchenblech und der Salatschüssel komplett belegt ist. Warum muss Miriam auch so eine kleine Küche haben? In einem Werbeflyer habe ich mal gesehen, dass es eine Vorrichtung gibt, die man sich an die Wand schraubt, um darauf Kochbücher abzulegen. Nur Umblättern muss man noch selbst. Bei mir zuhause habe ich genug Platz zum Ablegen meiner Kochbücher, aber leider spritzt immer mal wieder was drauf oder ich fasse doch mit Teighänden drauf, um nochmal genau die Gradzahl für den Backofen abzulesen. Eigentlich müsste ich meine klebrige Blattsammlung mal kopieren, wobei die Flecken sich ja da auch durchdrucken. Klarsichthüllen wären auch gut, nur kleben die mit Teigresten noch mehr zusammen als Papierseiten. Habe ich schon alles ausprobiert. Jedenfalls ist es ja toll, dass die Küchenmaschinenfirma sich gleich eine ganze Menge Rezepte für den neuen Superhelden der Firma ausgedacht hat, aber dieser dicke „Schinken" würde wahrscheinlich die Rezeptbuchvorrichtung samt Schrauben aus der Wand reißen, wenn man ihn dort ablegen wollte. Das würde dann wahrscheinlich meinen Mann entweder in eine tiefe Handwerkerdepression aufgrund seiner mangelhaften Arbeit stürzen oder er würde mit noch längeren

Schrauben die gesamte Kachelfront mit etlichen Löchern durchbohren. Wahrscheinlich würde aufgrund des Ehrgeizes durch die gekränkte Ehre auch noch eine Kachel reißen und der Hausfrieden würde eine Woche schief hängen. Also halte ich eben das dicke Buch! Nette Freundinnen habe ich da, denn sie eilen mir nicht zu Hilfe, obwohl mein Nacken schon wieder gezerrt ist. Wenn andere Leute „Rücken" haben, habe ich „Nacken". Werde eben doch alt! Doch die nette Frau Wundermixer hat selbstverständlich wieder eine Hilfe anzubieten. Sie nimmt mir das Buch ab, aus dem wir bisher gekocht haben und legt mir eine Art Taler in die Hand. Was ist das? Die anderen sehen auch, dass ich wie ein Auto gucke und Frau Wundermixer macht es nochmal spannend: „Ist das leichter als das Buch?" Ich verstehe immer noch nicht. „Das ist ein Rezeptchip", erlöst mich Miriam und auch die anderen Gäste nicken, als hätten sie es schon gewusst. Frau Wundermixer klickt ihn an den Wunderkessel an und schon erscheint das Kochbuch im Display. Nun bin ich baff! „Hier werden die Rezepte jetzt mit Zutaten und dann Schritt für Schritt angezeigt." Wahnsinn! Das hätte ich nicht erwartet und die anderen tun immer noch wissend und schauen mich belustigt an. Aber nicht nur das. Tina darf das Menü ihrer Karte auswählen. Es gibt

Reis, buntes Gemüse und Soße, obendrauf noch Hähnchengeschnetzeltes wie Miriam sich dazu gewünscht hat. Auf dem Display steht nun wirklich: 500ml Wasser einfüllen und automatisch öffnet sich die Waage. Was, die musste ich doch eben noch anwählen! Noch eine neue Funktion eröffnet uns Frau Wundermixer: „Auf dem Rezeptchip sind nun alle Schritte voreingestellt, das heißt bei abzuwiegenden Zutaten wird automatisch die Waage eingeschaltet, beim Garvorgang wird die Zeit automatisch eingestellt und die Stufe angezeigt, so dass mit einem leichten Anstupser des Drehknopfes die Sache läuft. Und endlich, endlich kommen auch alle anderen Zubehörsachen des Wundermixers in Betrieb: Das Garkörbchen gefüllt mit Reis, die Dampfgareinheit obendrauf und der Einlegeboden dazu für das Hähnchen. Deckel zu und in 20 Minuten essen! Jetzt gibt sie aber im wahrsten Sinne des Wortes Dampf. Ich freue mich auf das Essen in 20 Minuten. Von den letzten Features des Mixers bin ich nun restlos begeistert. Einfach Knöpfchen drücken, selber kochen lassen, weggehen und vor allem: angeleitetes Kochen: kinderleichtes, angezeigtes Einfüllen der Zutaten mit wie Frau Wundermixer sagen würde „Gelinggarantie". Dass ich erst mit dem schweren Buch kochen musste, gehört natürlich zur Verkaufsstrategie. Die

Einführung des kleinen, praktischen Rezeptchips ist natürlich viel wirkungsvoller, nachdem mir vom Kochbuch fast die Hände abgefallen sind! Trotzdem auch hier ein Einwand meiner Freundin: Bei mir war neulich noch nicht alles gleichzeitig fertig und mir ist auch schon was angebrannt. Frau Wundermixer antwortet beruhigend: Am Anfang passiert das schon mal, wenn man die Mengen nicht genau nimmt oder noch nicht den Dreh raushat wie lange etwas braucht. Hatten Sie Tiefkühlgemüse?" Meine Freundin bejaht. Ach so! Na dann, alles klar. Das Zaubermaschinchen trägt also keine Schuld sondern die Abweichung vom Rezept der Köchin! Ich stehe in der Küche, sehe auf den Timer der modernen Küchenfee und stelle fest, dass es nur noch zwei Minuten bis zum Essen sind. Während Frau Wundermixer noch mit Miriam über Kochzeiten fachsimpelt, wird mir immer mehr bewusst, dass nicht Frau Wundermixer, sondern das Gerät meine neue Freundin geworden ist. Um mich wieder runterzufahren blättere ich im Kochbuch, um mir die Bestätigung zu holen, dass das Gerät für uns ja nicht in Frage kommt, weil wir ja die meisten Sachen aus dem Kochbuch a) nicht machen werden, da zu aufwändig oder b) uns nicht schmecken werden oder c) zu teure Zutaten haben. Doch beim Durchschauen der bunten und leckeren Bildchen läuft mir eher das

Wasser im Mund zusammen als dass ich mich abschrecken lasse. Mist, da hat sich die Firma echt coole Sachen einfallen lassen... Doch sicher kann ich auch weiterhin ohne die Mega-Küchenperle kochen. Mir fällt ein, wie ich in unserer höchsten Verliebtheitsphase für meinen Mann gekocht habe. Immer habe ich neue Kochrezepte ausprobiert, vorgekostet, um sie ihm dann zu servieren, wenn er mich in meinen damals noch eigenen, kleinen vier Wänden besuchte. Auch die Tischdeko war perfekt. Mit der Zeit und Kind ist diese Gaumenfreude leider etwas abhandengekommen. Die Kochbücher stehen im Schrank und wir kochen zwar gut und günstig, aber eher zweckmäßig (nämlich schnell und schmeckt allen) als vielfältig. Jedenfalls nehme ich mir vor wieder mal in meine Kochbücher zuhause zu schauen und hoffe gerade noch, dass doch noch irgendwas hier schiefgeht mit dem Apparat oder das Essen nicht wirklich schmeckt, als der Wundermixer anfängt zu klingeln. Und er klingelt und klingelt und klingelt, bis Frau Wundermixer aus der hintersten Tischecke aufspringt und ihn ausdrückt. Moment mal! Der geht nicht von alleine aus? Ich werde darüber aufgeklärt, dass der zwar melodische, aber doch nach dreimal Klingeln nervige Klingelton erst ausgeht, wenn einer ihn abschaltet. Das ist doch wahrlich ein Grund ihn nicht zu kaufen! Ist ja schlimmer wie das Hundegebell des Nachbarn im Sommer. Naja, vielleicht nicht so ganz. Aber wenn ich nicht gleich komme, dann klingelt er ja die ganze Nachbarschaft zusammen. Andererseits springe ich oft beim Küchenwecker nicht gleich auf, weil ich denke: Ach, das kann ich hier noch schnell erledigen, in zwei Minuten wird schon nichts passieren und dann ist es doch angebrannt. Oder ich höre den Küchenwecker nicht. Und überhaupt bin ich eine Multi-Tasking-Köchin. Immer mache ich drei Dinge auf einmal: Nein, nicht wirklich kontrolliert in der Küche: Ich meine während der Essenszubereitung mache ich noch andere Dinge: gerne Mails am Handy checken oder gerade mal was googeln, telefonieren, Fingernägel lackieren, Zeitschriften oder ein Buch lesen, Wäsche aufhängen, im Keller die Vorräte durchsortieren und was frau noch so alles nebenbei kann. Doch leider, leider passiert es ganz oft, dass in der Küche während meiner eigentlich nur sekündlichen Abwesenheit im Keller, im Wohnzimmer oder sonstwo, wo ich wichtigere Dinge als Kochen erledige, die Küche zu explodieren scheint. Ein unglaubliches Geräusch, wenn heißes Wasser überläuft, ein unangenehmes Geräusch, wenn der Rauchmelder durch die verbrannten Schnitzel angeht und noch dazu ein hässlicher Geruch, wenn Brokkoli anbrennen. Und das passiert mir immer, deshalb gibt es den schon gar nicht mehr bei uns! Ich liebe die Mikrowelle, da kann es nur verdunsten und nicht so schlimm verbrennen, doch auch das bekomme ich hin und wieder hin. Vielleicht also doch gut, dass der Wunderkessel so lange nervt, bis sich die Frau des Hauses oder auch mal der Mann die Mühe macht ein Knöpfchen auszudrücken und dann auch zeitnah kommt. Nun ja, das wird schwierig, aber ich kann auf keinen Fall nach Hause kommen und einen Vertrag des gekauften Wundermixers mitbringen. Das habe ich schließlich zuhause versprechen und schwören müssen! Und was soll ich sagen: Sie wissen oder ahnen es ja schon! Das Essen aus dem Wundermixer ist köstlich. Die Brötchen hätten zwar mit länger aufgegangenem Teig noch besser schmecken können wie mir Frau Wundermixer kritisch verrät, aber der Rohkostsalat und der Hauptgang sind ein Gedicht. Nach dem Vollenden des Kochvorgangs für Reis, Gemüse und Hähnchen hat Frau Wundermixer mit Hilfe von Katja noch eine leckere Soße gezaubert und wir sitzen wie alte Freunde (was wir zumeist ja auch sind) am Tisch und lassen es uns köstlich schmecken. Als sich die Essensköstlichkeiten dem Ende neigen und Frau Wundermixer „So" sagt, weiß ich: Jetzt ist der Moment der Wahrheit gekommen. Ich zittere ein wenig, als Frau Wundermixer anfängt: „Wir kommen nun zum letzten Teil des Abends. Ich hoffe Ihnen hat die Vorführung gefallen. Bevor wir den Abend beschließen, möchte ich Sie bitten Ihre Kontaktdaten auszufüllen, unter denen ich Sie erreichen kann oder Ihnen ein Proberezept für einen privaten Wundermixer-Vorführtermin zu senden. Nur wenn Sie möchten, ich werde hier und heute niemanden nötigen, eine Entscheidung zu treffen. Da die meisten von Ihnen den Wundermixer ja noch nicht kannten, sollen Sie sich natürlich in Ruhe für oder gegen den Wundermixer entscheiden." Meine Aufregung legt sich und ich bin sichtlich erleichtert: Keine Entscheidung wird gefordert und ich kann ganz entspannt auf die letzte Frage von Frau Wundermixer, was mich am Gerät beeindruckt hat, antworten: Natürlich die Funktion des angeleiteten Kochens: Gelinggarantie auch für Multitasking-Köchinnen wie mich! Ich notiere noch meine Mailadresse, nehme brav den Prospekt zur Erinnerung an den Abend mit und bin weit vor Mitternacht wieder zu Hause! Das wäre also schon mal geschafft, ich habe mir nichts aufschwätzen lassen und nichts gekauft. Ein wunderbares Gefühl. Zuhause ankommend erlaube ich mir natürlich den Scherz, ich hätte schon alles unterschrieben und das Gerät gekauft. Doch als mein Mann die

Augenbrauen bedenklich hochzieht, flöte ich: „Alles nur ein Scherz. Natürlich bin ich standhaft geblieben. Versprochen ist versprochen. Wer kauft schon eine Küchenmaschine für 1000 Euro?" Außer Miriam natürlich…

3. Kapitel: Recherchen zum Zaubertopf

Nach den kurzen Ausführungen und Details zum Abend überreiche ich meinem Mann den Flyer, der ihn nach kurzem Durchschauen schnell wieder weglegt. In der Nacht nach dem Abend schlafe ich unruhig, im Traum bekoche ich begeistert mir fremde Leute mit dem Wundermixer und werde vom melodischen Fertig-Klingelzeichen meines Küchengerätes geweckt. Ach nein, ich hab ja gar keinen und es sind die Kirchenglocken am Sonntagmorgen. Beim Frühstück muss ich meiner Familie dann nochmal detaillierter die Vorzüge des Wundermixers schildern. Auch danach lässt mich der Gedanke an dieses teure und geniale Küchenhelferlein nicht los und ich beschließe, etwas im Internet zu recherchieren. Kann doch nicht sein, dass es nur diese eine tolle Küchenmaschine gibt. Ich lese Rezensionen über andere günstigere Geräte, die zwecks Materialfehler stinken, schnell kaputt sind, nicht alle Features haben und schon überhaupt und gar nicht im ganzen Netz gibt es ein weiteres Gerät mit Rezeptchip... Von einer Küchenmaschine vom Billigsupermarkt schwärmt eine Hausfrau, aber alles ist nur halb so gut oder noch nicht mal halb so gut wie der Wundermixer. Zudem stoße ich auch noch auf die von Frau Wundermixer schon angekündigte Rezeptwelt und die App fürs Handy. Auf dem PC oder in der App kann man seine Rezepte eingeben und bekommt eine geordnete Einkaufsliste. Wie praktisch, wie praktisch! Nun bin ich total begeistert und merke, dass es keine Alternative gibt: den Wundermixer oder keinen. Nachdem ich nun vorsichtig meiner Familie beibringe, dass ich das Thema mal im Internet recherchiert habe und dass der Wundermixer das Topgerät auf dem Markt von Küchenmaschinen ist, bekomme ich keinen Beifall. „Jetzt komm´ aber mal runter", meint mein Mann, „ haben sie dir doch eine Gehirnwäsche verpasst?" Das sitzt. Ich ziehe mich zurück und überlege, ob ich tatsächlich einer Gehirnwäsche unterzogen wurde. Bin ich von einem Virus infiziert worden? Die lächelnden Hausfrauen auf der Wundermixer-Werbemappe, die lächelnde Frau Wundermixer und schließlich auch meine fröhlichen und lächelnden Freundinnen, die nette Atmosphäre bei Miriam. Hat dies meine Sinne wirklich fehlgeleitet? Dabei haben wir gar keinen Alkohol getrunken! Man hört ja immer wieder, dass Leute aus einer Sektlaune alle möglichen Dinge anstellen oder auch kaufen. Eine Freundin von mir hat mal in einer beschwipsten Stimmung ihren halben Kleiderschrank der Altkleidersammlung überführt, weil sie meinte, sie müsse sich auch optisch verändern. Danach hat sie sich noch ihre blonden Haare selber rot färben wollen. Am nächsten Morgen kam beim Katerfrühstück das böse Erwachen. Sie hatte irgendwie verdrängt oder vergessen, dass Rot auf Blond vielleicht Orange werden könnte. Wir nannten sie ein paar Wochen nur „Ketchupexperte". Gut, dass sie zu dieser Zeit noch Sozialpädagogik studierte, so fiel es nicht so wirklich auf, dass es ein Versehen war! Aber ich war in keiner Sektlaune und habe doch mit eigenen Augen gesehen, was das Gerät leisten kann und was nicht. Ich bin eine gebildete (zumindest einigermaßen) und emanzipierte (das schon eher) Frau und habe mir meine eigene Meinung von dieser Küchenmaschine gebildet. Mein Fazit ist: Sie ist wirklich toll und ich bin von den ganzen Funktionen, der einfachen Bedienung und dem Drumherum begeistert. Auch die anderen waren doch super begeistert, wenn auch keine gleich „den will ich sofort" gerufen hat. Schließlich haben alle Männer zuhause, denen sie versprochen haben keine Küchenmaschine anzuschleppen. Mein Mann lässt mir ein warmes

Bad ein und hofft, dass dann alles vergessen ist und ich nicht mehr über den Wundermixer spreche oder gar über eine Anschaffung ernsthaft nachdenke. Als ich nach dem Wannengenuss fröhlich pfeifend ins Wohnzimmer komme und verkünde, dass ich morgen nochmal meine Arbeitskollegin nach den Erfahrungen ihrer Schwester mit dem Wundermixer fragen werde, verdreht mein Mann endgültig die Augen. „Kannst du ja machen, trotzdem haben wir kein Geld und keinen Platz für solch ein Gerät!" Er meint es ernst!

4. Kapitel: Nachfragen rund um den Wundermixer

Zunächst frage ich natürlich meine Kollegin, die den tollen Kuchen ihrer Schwester mitgebracht hatte: „Ist deine Schwester mit dem Wundermixer zufrieden?" „Sie hat ein sehr altes Exemplar, daher benutzt sie ihn nicht so häufig!" Ah, bringt mich jetzt so nicht weiter. „Aber frag doch mal unsere gemeinsame Bekannte, die hat den neusten von ihrer Mutter geschenkt bekommen!" Vielleicht sollte ich ihn mir auch von meiner Mutter wünschen. Eine grandiose Idee, denn wenn man etwas geschenkt bekommt, soll man es auch nehmen, das hat meine Mutter mir immerhin beigebracht. Auch sonst nutze ich diesen Trick sehr gerne. Wenn ich von einer leuchtenden Weihnachtsdeko träume, die mein Mann kitschig und unnötig finden würde, so lasse ich sie mir einfach schenken. Zum Beispiel vom Verein als Weihnachtsgeschenk für mein Ehrenamt. Denn wenn man etwas geschenkt bekommt, soll man es auch nehmen! Leider habe ich keine Verwandtschaft, die mir zum Geburtstag, Jahrestag oder Weihnachten mal eben ein 1000-Euro-Geschenk mitbringt. Und deshalb heiraten? Wäre vielleicht auch etwas überzogen. Also maile ich meine glückliche Bekannte mit dem geschenkten Hochzeitsgeschenk ihrer Mutter an und bekomme postwendend die Antwort: „Zunächst dachte ich: Na toll, jetzt muss ich mich auch noch mit diesem Gerät auseinandersetzen, aber ich möchte ihn nicht mehr missen. Er läuft bei uns zwei- bis dreimal am Tag und für euch als Familie würde es sich doch super lohnen. Ich kann ihn absolut empfehlen, du wirst es nicht bereuen!" Endlich mal eine unabhängige Meinung, denn böse Zungen behaupten ja, dass alle, die ihn sich für so viel Geld gekauft haben, natürlich behaupten, dass er super, super toll ist. Sonst würde man sie ja für verrückt halten! Gibt ja keiner gerne zu, dass er teuren Mist gekauft hat… Daher verbuche ich die Antwort meiner Freundin für den geschenkten Wundermixer schon mal als unabhängige Meinung für „Ja, nimm ihn!" Soweit, so gut. Trotzdem bleiben mir Zweifel: Meine Familienmitglieder müssten ja das essen, was ich daraus koche und wenn ich ihn dann doch nicht nutze? Etwas, was viel Geld gekostet hat, muss nach Überzeugung meiner Oma auch gut sein, das heißt man muss es oft verwenden und es darf nicht gleich kaputt gehen. Wobei das Auto eines Freundes ständig in der Werkstatt ist und bei seinen neuen Felgen fragt auch keiner: Hast du sie schon oft benutzt? Das Auto steht sowieso die meiste Zeit in der Garage, weil es ja sonst kaputt gehen könnte. Jedenfalls ist das bei Frauen und Männern vielleicht doch anders: Kärcher und Motorsäge werden ja auch nur ein- oder zweimal im Jahr benutzt, aber man muss sie haben. Frauen sind da doch praktischer und daher überlege ich, ob mein neuer Küchenfreund nur rumstehen oder brav seinen täglichen Dienst tun wird. Als ich noch über die Lifestyle-Objekte von Frauen und Männer nachdenke, schaltet sich meine andere Kollegin ein, die meine Nachfragen zum Wundermixer mitbekommen hat. „Für jemanden wie dich, der nicht gut und gerne kocht, wäre so ein Küchengerät mit Anleitung doch genau richtig!" Wie bitte? Da habe ich mich wohl verhört. Gut, ich bin immer angenervt, wenn jeder für die Mittagspause mal was Köstliches mitbringen soll und bei mir gibt es meist den gleichen Salat (ein

Super-Schnell-Zusammenschütt-Salat-Rezept meiner Schwester, mit Kind im Hintergrund echt praktisch), aber meine Kolleginnen lieben ihn doch! Sagen sie zumindest! Und gut, mir ist auch schon die Essig-Balsamicosoße von Tomate-Mozzarella im Auto ausgelaufen und hat den Duft des Autos geziert bis zum nächsten Kollegiumsausflug, so dass es alle wissen, die mit mir fuhren. Ansonsten gibt es bei mir Würstchen im Schlafrock oder ich bringe Baguette mit. Aber die Kuchen zum Geburtstag von mir sind doch wirklich lecker! Da variiere ich sogar von Jahr zu Jahr zwischen Marmorkuchen und Marmorkuchen mit Schokoladenüberzug je nach Zeitbudget. Okay! Im Vergleich zu meinen Kolleginnen bin ich wirklich nicht die „Ich hab´ da mal ein Chutney gemacht" oder „Mangovariation in Büffelmozzarella"-Fee. Vielleicht hat meine Kollegin Recht und ich bekäme neue Inspirationen durch das Anleitungskochen und mehr Lust zum Kochen, Braten und in der Küche am Wundermixer stehen! Sie sieht aber dennoch meinen beleidigten Blick und schiebt hinterher: „Also, äh, ich meine nur, es könnte vielleicht den Spaß am Kochen steigern und du solltest dir so ein teures Gerät jetzt kaufen und nicht kurz vor dem Altersheimaufenthalt!" Sie sieht, wie ich noch finsterer schaue und sagt schließlich: „Also du wirst das auch gut wieder gebraucht los, wenn es dir nicht gefällt." Damit wendet sie sich wieder ihrer Arbeit zu und ich bin immer noch etwas enttäuscht. Dass mein Ruf als Köchin und Bäckerin so ruiniert ist, hätte ich nicht gedacht. Ich brauche auf jeden Fall die frische Inspiration mit dem Wundermixer für meinen Aufstieg zur Superküchenheldin! Das ist jetzt beschlossene Sache.

Nur wie verkaufe ich es meinem Mann? Schließlich soll er doch die Hälfte bezahlen, freiwillig zustimmen und am liebsten auch noch denken, dass es seine eigene Idee war, den Wundermixer jetzt doch zu brauchen und zu kaufen. Leider bin ich nicht so gerissen wie andere Frauen, doch mit Psychologie könnte ich es versuchen: Als er nach Hause kommt, lasse ich unauffällig den Wundermixer-Flyer auf dem Esszimmertisch liegen. Als er ihn im Papiermüll entsorgen will, rufe ich: „Den will ich noch einer Freundin weitergeben, lass den bitte noch liegen!" Mist, das war noch nicht so psychologisch wertvoll. Mir fällt noch ein Trick ein, auf den Männer stehen: „Miriams Mann Stefan will demnächst Bier brauen. Er lädt uns dann mal zum Grillen ein, um uns das Bier vorzustellen." „Echt, hat er sich so ein Bierset im Internet gekauft?", fragt mein Mann interessiert. „Nee, in Miriams Wundermixer will er das brauen", antworte ich beiläufig. Mein Mann schaut ungläubig und lenkt vom Thema ab: „Was gibt es heute zu essen?" Wahrscheinlich müsste ich mal wieder was anbrennen und überkochen lassen! Es gab ja lange keinen angebrannten Pudding oder übergekochten Milchreis mehr. Das riecht noch eine ganze Weile und ich würde mit tränenerstickter Stimme sagen: „Hätte ich den Wundermixer, wäre mir das nicht passiert!" Doch das Missgeschick gelingt automatisch: Als ich noch mit Miriam einen Schlachtplan per Handymail für die Wundermixer-Überzeugung ausarbeite, kocht das Nudelwasser über. Mein Mann stürzt in die Küche: „Du lässt auch noch Nudelwasser anbrennen!", meckert er rum. „Das wäre mit dem Wundermixer nicht passiert!" Yes, ich grinse triumphierend, die tränenerstickte Stimme wäre jetzt doch fehl am Platz. Er verzieht das Gesicht und schüttet wortlos die Nudeln ins Wasser. Bald habe ich auch dich weichgekocht, denke ich. Doch für heute lasse ich es erstmal gut sein und auf ihn wirken. Am nächsten Tag treffe ich mich mit Miriam und frage sie aus, wie sie ihren Mann überzeugen konnte. „Naja, das war ganz einfach: Er wollte ein Soundsystem für sein Auto und dafür habe ich den Wundermixer ausgehandelt!" Leider hat mein Mann nicht so teure Pläne, zumindest nicht im Moment. Oder doch: Was ist mit seinem Männer-Skiurlaub. Der kostet doch auch eine Stange Geld. Da ich nicht zum Skifahren mitkomme, hätten wir doch das Geld für mich gespart! Vielmehr für den Wundermixer. Meine Kollegin hat mich sowieso davon überzeugt, dass ein Sommerurlaub und dessen Bräune in zwei Wochen zuhause wieder vergessen sind und ich vom Wundermixer länger was habe. Mit einem neuen Strategieplan in der Tasche gehe ich frohen Mutes nach Hause.

Als ich nachdenklich am Esstisch sitze und in meinem Salat stochere, weiß mein Mann gleich was los ist: „Du denkst immer noch über den Wundermixer nach, stimmt´s?" Wie gut er mich doch kennt! Frau Wundermixer hat am besagten Erlebniskochabend eine Anekdote erzählt: Sie bekommt vor Weihnachten einen Anruf von einem Mann: „Hallo, also meine Frau war vor einem halben Jahr auf so einem Abend von Ihnen und seitdem höre ich nur noch Wundermixer, Wundermixer, Wundermixer. Also, es reicht mir jetzt, ich will den jetzt bestellen. Zu Weihnachten soll sie das Ding haben!" Doch die Geschichte geht noch weiter: „Ja, ist okay", antwortet unsere Frau Wundermixer, „doch der neue Wundermixer ist so gefragt, dass er 12 Wochen Lieferzeit hat!" „Was, dann kriegt sie ihn erst an Ostern?" Der Mann ist erschüttert. „Dann hat es sich erledigt, ich kriege ihn dann anderswo her!" Zwei Tage später ist wieder der Mann am Telefon von Frau Wundermixer: „Also, ich habe das ganze Internet rauf und runter abgesucht, ich kriege ihn nicht schneller und so günstig. Bestellen Sie ihn dann halt für Ostern!" Gerade will ich den Skiurlaub-Geheimplan ausführen, da hat er ein Einsehen: „Ist es dir wirklich ernst damit und du bist interessiert daran?" „Ja, ich will ihn haben. Nicht weil Miriam ihn hat oder ich ihn in der Küche stehen haben will, wenn meine Kolleginnen oder Nachbarn kommen, sondern weil ich damit kochen will!" „Aha". Mein Mann ist das erste Mal ernsthaft. „Wo liegt dann das Problem?" „Du nimmst mich einfach nicht ernst und wenn ich ihn kaufe, dann möchte ich, dass du dich auch damit vertraut machst und dir vorstellen kannst Gerichte daraus zu essen!" „Aha". So komme ich nicht weiter, ich gehe jetzt in die Offensive: „Schau dir ihn und seine Leistungen doch wenigstens mal im Internet an!" Gewonnen! Er folgt mir mehr oder weniger bereitwillig an den PC und ich präsentiere ein Einführungsvideo einer unabhängigen Testzeitschrift, das er brav zu Ende ansieht. Begeistert sieht er immer noch nicht aus, doch er lenkt ein: „Ich kann deine Euphorie verstehen. Mit Anleitung und ein bisschen Knowhow macht das

Kochen vielleicht mehr Spaß! Wir könnten natürlich auch mal wieder in Rezeptbücher schauen, aber das ist genauso wie mit dem Fitnessstudio. Man macht es am liebsten, wenn man angeleitet wird, zuhause und allein alles raussuchen macht weniger Spaß." Ein guter Vergleich wie ich finde. Als Kompromiss vereinbaren wir, dass Frau Wundermixer am Wochenende kommen und ihn in einer privaten Runde für meinen Mann und meine Tochter nochmal vorführen darf. Auch das Vorführgericht ist schon ausgewählt: Lachs mit Brokkoli, Reis und Sauce.

5. Kapitel: Na gut!

Tatsächlich freue ich mich schon die ganze Woche den Küchenchef in MEINER Küche nochmal in Aktion zu sehen. Und natürlich auf die vor Begeisterung, Verblüffung und Verwunderung strahlenden Augen von Mann und Kind. Pünktlich wie vereinbart klingelt Frau Wundermixer gut gelaunt an der Tür. Mein Mann öffnet und hilft ganz Gentleman den großen Koffer mit dem Zaubergerät in die Küche zu tragen. So hatte ich mir das vorgestellt! Sogleich hat Frau Wundermixer noch eine Überraschung mitgebracht, wie sie verkündet. Ich liebe Überraschungen. Als einziges Kind habe ich früher vom Überraschungsei immer zuerst das gelbe Ei aufgerissen, bevor ich die Schokolade mit beiden Händen in den Mund gestopft habe. Die musste man aufgrund der Schalenform ja auch knicken, damit sie auf einmal in den Mund passte. Jedenfalls war ich schon als Kind begeistert, dass die Überraschungseier mit den Schlümpfen direkt an der Kasse für Kinderhändchen erreichbar stehen und oft hat meine Mutter mein Betteln um das Ei erhört. Nur wenn wir drei Kinder dabei waren, wurde es schwierig, denn jeder wollte dann ein Ei und dies erhöhte den Einkaufspreis doch gewaltig. So freue ich mich auch heute zunächst noch mehr auf die Überraschung und den Meisterkocher als aufs Essen. Frau Wundermixer hat außer dem Hauptgericht auch noch vor, das Pestobaguette zuzubereiten. Na wunderbar! Wenn das kein Einsatz ist und dass meinen Mann nicht überzeugt! Das übliche Ritual mit Dinkel zermahlen, Zutaten abwiegen, schön durchkneten lassen, mit den schon immer besser klingenden Mahlgeräuschen des imposanten Messerwerks, lassen mich in vertraute Kochsphären abgleiten. Mein Mann steht noch zurückhaltend daneben, während ich schon profihaft das Display bediene und meine Tochter mir neugierig über die Schulter blickt. Während die Baguettes im Ofen bräunen, folgt die schnelle und unkomplizierte Zubereitung des Hauptgerichtes mit Demonstration aller Zubehörteile von Garkörbchen und Dampfgarer mit Einlegeboden. „Der einzige Haken am Wundermixer ist dieser". Frau Wundermixer erhebt den Spatel mit dem eingebauten Haken an der Seite, um das Garkörbchen mit dem Reis aus dem Wunderkessel zu heben. Dabei schaut sie meinen Mann demonstrativ an. Ob bei ihm auch alle Haken am Wundermixer beseitigt sind? Ich habe jedenfalls ein gutes Gefühl, als wir zusammen am Tisch sitzen und er den auf den Punkt gegarten Lachs und das bissfeste Gemüse lobt. Die Stunde der Wahrheit naht… Als Frau Wundermixer fragt, ob wir uns nun noch beraten müssen oder noch eine Zeit brauchen für eine Entscheidung, sagt mein Mann: „Wir sind schon entschieden, meine Frau möchte ihn unbedingt!" Besser hätte es gar nicht laufen können: Frau Wundermixer strahlt, ich strahle und meine Tochter strahlt, weil ihre Mama so strahlt! Nach dem Um-die-Wette-strahlen kommt die wichtige Tat: Frau Wundermixer nimmt meine Daten auf und bevor noch irgendetwas geschehen kann, habe ich meine Unterschrift unter dieses wichtige Dokument gesetzt: Ich habe den Wundermixer gekauft!

6. Kapitel: 13 Wochen

Frau Thermomix hat mich schon schonend darauf vorbereitet, dass nun eine geduldige Wartezeit von

13 Wochen ansteht, doch an diesem Feiertag schockt mich das nicht mehr. So können WIR (ja, Sie haben richtig gelesen, mein Mann hat, nachdem Frau Wundermixer die Tür geschlossen hat, noch angemerkt: „Natürlich bezahle ich die Hälfte, Schatz, wir haben ja immer alle Haushaltsgeräte gemeinsam angeschafft!") noch ein bisschen ansparen. Ich werde wieder auf den Boden der Tatsachen zurückgeholt, als meine Mutter anruft und fragt, ob wir ein schönes Wochenende hatten. Uiuiui, hat sie nicht auch gesagt, dass so ein Haushaltsgerät wohl keiner braucht. Glücklicherweise hat sie keine Erinnerung mehr an meinen geplanten Besuch bei Miriam, von dem ich allen großmütig berichtet habe mit der Absicht nur mal neugierig das Gerät zu begutachten und ach, nie im Leben so ein teures Ding zu brauchen. Wir plaudern über dies und das und ich lege dann schleunigst auf. Gar nicht so meine Art, denn eigentlich gibt es bei uns keine Heimlichkeiten und wenn wir Frauen unserer Familie uns treffen, wird es laut und hektisch, denn jede möchte sofort und am besten auch zugleich mit den anderen ihre Wochenanekdoten erzählen. Mein Mann weiß das schon und lässt uns erstmal eine Viertelstunde allein, bis das Durcheinandergerede aufgehört hat. Doch diesmal bleibe ich schweigsam zur Sache Wundermixer. Ob

ich meinen anderen Freundinnen davon berichten kann? Schließlich wissen sie auch noch nichts von Miriams Kauf und keine hat bisher einen Wundermixer und auch noch nichts davon berichtet. So plaudere ich meinen Kauf zunächst im Kollegium aus, wo alle gespannt auf die neuen Kollegiumsköstlichkeiten meinerseits zu sein scheinen. Wenn er dann in 13 Wochen da ist!

Jetzt beginnt das Warten aufs Christkind bzw. auf den „After-Osterhasen" oder ist das dann im Mai schon wieder der frühe Weihnachtsmann, der sich aufs nächste Weihnachten vorbereitet? Schließlich müssen ja im September schon die ersten Schokoweihnachtsmänner im Geschäft stehen. Vielleicht schleicht er auch im Mai schon rum und trifft Vorbereitungen. Wie auch immer, meine anfängliche Euphorie und geduldige Zurückhaltung weicht schnell einer unbändigen Ungeduld, ihn endlich zu haben.

7. Kapitel: Kochunlust

Komischerweise macht sich mein Ansinnen, die Familie nur noch mit selbstgemachten Köstlichkeiten aus dem Wundermixer zu verwöhnen, schnell einer: „Ach wäre er doch schon da, dann würden wir auch mal was anderes kochen" und „Ohne den Wundermixer macht es keinen Spaß, ich koch halt schnell mal was aus dem Ofen oder der Mikrowelle"-Zeit breit. Eine richtige Kochunlust überfällt mich. Diese kenne ich bisher nur aus der Babyzeit meines Kindes, in der das Kochen sehr mühsam war, wenn nebenbei noch das Baby drohte quengelig einzuschlafen und den Rest der Nacht zu verdrehen. Auch hier musste es schnell, schnell gehen mit der Essenszubereitung. Doch meine Tochter ist nun schon recht groß und ich hätte mir Zeit nehmen können fürs Essenmachen. Nach einer Woche Schnellessen suche ich dann doch meine alten Kochbücher mal raus und zelebriere für zwei Tage das „Warten bis ER kommt - Kochen wie früher"-Essen. Parallel dazu recherchiere ich in der übergroßen Rezeptwelt von Wundermixer nach Rezepten und auch nach Kochbüchern für meinen neuen Küchenfreund, damit man sich schon mal einen Plan zurechtlegen kann. So vergehen dann auch die ersten zwei Wochen.

8. Kapitel: Willkommen bei den „Dezemberlis"

Nach einer ganzen Weile stoße ich im Internet dann zu den „Dezemberlis", wobei ich erfahren muss, dass ich ja ein „Januarli" bin. Auf meiner Suche nach begehrenswerten Wundermixer-Kochbüchern betrete ich auch das Forum der Rezeptwelt. Hier hat die Themengruppe „Dezember-Besteller" scheinbar großes Interesse beim Publikum geweckt. Zunächst kann ich es nicht glauben: Jede Dezemberbestellerin hat hier ihr BD und ED gepostet. Bis ich herausfinde, dass BD Bestelldatum und ED Erfassungsdatum heißen soll, vergeht eine Weile. Jedenfalls findet hier ein reger Austausch statt, wie lange nun die Wartezeit noch sein möge. Alle möglichen Küchenfeen haben ihre EDs in einer Liste zusammengestellt mit der Überschrift: Wer eine Sendungsnummer erhalten hat, macht sich fett, wer ihn erhalten hat, löscht sich. Aha. Zunächst denke ich: Coole Idee. Doch als ich weiterlese, finde ich es nicht mehr so cool mich dieser Liste anzuschließen, zumal ich ja zu den Januar-Bestellern gehöre. Gerade ist eine leidenschaftliche schriftliche Diskussion darüber entbrannt, warum die späteren Dezemberlis nun vor den früheren Dezemberlis ihre Sendungsnummer bekommen und was das für eine Frechheit ist. Eine Küchenfee oder vielleicht besser Küchenfurie hat schon beim Kundenservice, beim Werk, bei ihrer WR (Wundermixer-Repräsentantin) und wahrscheinlich auch bei ihrem Mann, ihrer besten Freundin und ihrer Oma angerufen, um sich darüber zu beschweren, dass Leute, die drei Tage vor ihr, quasi in einer ganz anderen Kalenderwoche, den Wundermixer bestellt haben, nun ihre Post-Sendungsnummer schon erhalten haben. Wirklich eine bodenlose Frechheit den so begehrten Wundermixer einer netten Dame mit langsamerer Bestelleingebung das Teil vorher zu senden! Ich kann es nicht fassen, dass es die Fünfprozent-Menschen-Klausel wie beim Bäcker sonntagmorgens, wenn ich nach unabsichtlichem Vordrängeln von hinten angefaucht werde: „Ich war aber vorher dran!" auch hier gibt. Eine sachliche Küchenfee kommentiert daraufhin, man solle doch bitte die Leute vom Werk ihre Arbeit mit der Fertigung unserer Wundermixer weitermachen und nicht die Servicetelefone heiß laufen lassen. Das war's für mich: Mir reicht schon der sonntagmorgendliche Anraunzer (ich habe übrigens nun gelernt auch schlaftrunken die Bäckerschlange zu checken, um nicht wieder unabsichtlich soooo aufzufallen, weil ich wie ein Schulkind ermahnt werden muss!), da muss ich mich nicht noch von Küchenoberbossen im Forum diskreditieren lassen, falls mein „Mixi" drei Tage vor einer Oberbossin mit früherem Bestelldatum kommt. Manchmal geht es doch echt mit den Leuten durch: Kein Mitgefühl, keine Empathie, keine Freude über die Freude anderer mehr. Was ist nur aus uns geworden! Und dass wegen dem Hype um ein Küchengerät!

Aber zwei Tage später interessiert mich doch, was aus Frau Küchenfurie geworden ist. Haben die anderen sie mundtot gemacht? Ich muss feststellen, dass schon wieder ein neues Gemecker losgeht: Die Waage einer Wundermixer-Kundin zappelt... Zappeln Waagen nicht immer, wenn sie ein neues Gewicht anzeigen? Diesmal hat sich ein echter Wundermixer-Beauftragter im Forum eingeschaltet. Dass man doch einen Ersatz dafür bekommen würde und dass dieser schon unterwegs sei. Na also. Alles wird gut!!! Keine Sorge wegen zappelnder Waagen, hier wird doch Abhilfe geschaffen. Doch auch meine Ungeduld steigt, wenn ich alle neuen Mitglieder lese, die „Es ist noch sooo lange", „Ich werde grad ganz hippelig vor Ungeduld", „Leute, bestimmt zahlt sich das Warten aus, haltet durch!" schreiben. Auf der offiziellen Lieferseite von Wundermixer haben die klugen Berater nun einfach das gerade ausgelieferte Datum auf zwei Wochen verändert. Ein wirklich schlauer Schachzug. Überhaupt spielt die Psychologie des Wartens eine große Rolle. Wenn ich beispielsweise noch nicht genau weiß, ob ich pünktlich nach der Arbeit nach Hause kommen werde, sage ich meiner Familie einfach eine halbe Stunde später. Dann habe ich keine Hektik wenn ich noch etwas erledigen muss und komme immer noch pünktlich nach Hause. Wenn ich aber pünktlich Schluss machen und früher nach Hause kommen kann als gesagt, sind alle hocherfreut: „Mama ist ja schon da!" und ich werde herzlich empfangen, weil alle dachten und ich auch gesagt hatte, dass ich später nach Hause komme. Wäre doch eine gute Strategie: Einfach zwei Wochen längere Lieferzeit ansagen, dann schon schneller liefern und alle sind erfreut, wie schnell das doch gegangen ist, denn es hätte ja noch zwei Wochen dauern sollen. Wird die Zeit exakt versucht vorherzusagen und ein Datum genannt, welches doch im Endeffekt nicht oder nur knapp haltbar ist, dann posten schon alle im Netz und hetzen sich gegenseitig auf: „Meiner sollte schon vor drei Stunden ankommen, denn exakt um 13 Uhr habe ich ihn damals bestellt und jetzt ist die Wartezeit um und schon drei Stunden später! Unverschämtheit! Geht es euch auch so Leute?" Aber neben den ungeduldigen panikverbreitenden Spießer-Wartenden gibt es auch einige mir sympathische Stimmen im Forum: „Es dauert eben so lange, ich möchte ja auch, dass alles funktioniert und die Qualität stimmt!" „Ist eben ein europäisches Markenprodukt und benötigt seine Zeit, dafür warte ich gerne länger" „Macht euch locker, ihr wusstet doch, dass es so lange dauert" und „Meditieren Leute, dann geht es schnell vorbei". Oder Kommentare von den schon erfahreneren Wartenden: „Es lohnt sich, ich hatte schon den Vorgänger und freue mich auf den neuen

Wundermixer." Viele schreiben wie alte Bekannte: „Hallo Casimaus, hast du schon was Neues gehört?" Vielleicht kennen sich manche auch aus dem echten Leben, doch auch bei den vertraulichen Ansprachen kann ich nicht mitmachen, schließlich kenne ich hier keinen. Also bleibe ich heimliche Mitleserin, teils amüsiert, teils überrascht, teils empört aufgrund der Gemütszustände der anderen Wartenden. Komisch, was diese Warterei aus einem macht. Gefühle wie Ungeduld, Neid und Aufregung beschleichen mich tatsächlich auch manchmal hier beim Mitlesen, scheint doch eben alles menschlich zu sein. Jedenfalls blättere ich doch mal wieder im Kalender und denke: „Es wird Mai, pünktlich zur Grillsaison wird er irgendwann eintreffen" und widme mich wieder meinen anderen Hobbies.

Zwei Wochen später geht es dann bei den „Dezemberlis" richtig rund, wie ich nach meinem Forumsbesuch feststelle: „Macht mich fett" und „Tschüs, löscht mich weg" gehören zu den Standardsätzen der Posts. Was so viel zu bedeuten soll wie: „Meine Sendungsnummer ist da, hilft mir einer meinen Namen fett zu markieren" und „Mein Wundermixer ist angekommen, war ja nett hier, aber macht´s mal alle gut, ich hab ihn!" Eine komische menschliche Natur: Da campen die Leute nachts bei eisigem Wetter vor einer Buchhandlung oder einem

Handyshop, um bei Öffnung am Morgen das erste Buchexemplar oder neueste Smartphone zu ergattern. Erzählen sich wahrscheinlich in der Nacht, in der sie vor Kälte nicht schlafen können ihre Lebensgeschichte und trinken Brüderschaft. Doch sobald der Mann des Ladens morgens schlüsselklimpernd um die Ecke kommt, geht das Hauen und Stechen unter den Verbrüderten los, denn jeder will der Erste sein. Eine menschliche Drängelnatur, der ich laut meinen Freundinnen, auch manchmal angehöre. Ohne dass ich es so merke! Aber dank gutmeinender Freundinnen weiß ich jetzt, dass ich beim Bäcker nicht in die erste Reihe vorpreschen sollte, um mal genau die Kuchenauswahl anzuschauen. Eigentlich bin ich nämlich nicht so und meine es nicht böse! Wie gut, dass ich nicht vor dem Wundermixer-Werk in Frankreich mit allen „Januarlis" campieren muss, um meinen Wundermixer brandneu und produktionsfrisch in Empfang zu nehmen. Wie gemütlich ich doch hier vor dem Kamin sitze und genüsslich Rotwein schlürfend warte. Der Postmann darf den Karton auch gerne erstmal bei der Nachbarin abgeben. Die habe ich nämlich schon eingeweiht in meinen Kaufrausch bei Wundermixer!

9. Kapitel: Warten auf den Wunderkessel
Nach einigen Wochen halte ich es nicht mehr aus: Es wären ja nicht meine Freundinnen, wenn sie meinen teuren Kauf blöd kommentieren würden. So eröffne ich an einem Mädelsabend: „Ich war doch neulich bei einem Wundermixer-Abend..." und meine Freundin ergänzt: „Und du hast ihn dir gekauft, stimmt´s?" Woher weiß die das denn? Hat Miriam gepetzt? Nun interessiert es mich aber: „Hat Miriam gepetzt?" „Nein, aber ist doch klar, dass du auf so ein Gerät stehst!" Naja, so klar war es jedenfalls für mich nicht, aber schön, wenn mich meine Freundin doch so gut einschätzen kann. Nach anfänglichem „Mich interessiert so ein Gerät nicht, da habe ich die Bolognese doch schneller in der Pfanne gemacht" bin ich versucht ein Wettkochen vorzuschlagen. Doch besser checke ich meinen neuen Küchenhelfer dann erstmal selbst auf Herz und Nieren durch. Eine Niederlage wäre da nicht so spaßig. Eine andere Freundin unterstützt mich: „Mann, da bin ich ein bisschen neidisch. Ich liebäugele auch schon damit. Meine Schwägerin zaubert damit so tolle Sachen!" Wow, das hört sich gut an. Auch ich werde unter die berühmten Küchenzauberer gehen! Jedenfalls sind schließlich doch alle gespannt und neugierig und ich soll

natürlich daraus für die gesamte Mädelsclique kochen. Das werde ich auch tun!

Auch meine Eltern nehmen die Nachricht, dass ich bald zu den stolzen Wundermixer-Besitzern gehöre, besser auf als gedacht. „Na, da bin ich aber mal gespannt!", sagt meine Mutter und mein Vater nickt nur amüsiert. Ja, gespannt bin ich auch, bald wie ein Flitzebogen!

Doch wie schon erwartet, hat auch für mich das Warten ein Ende und ich habe meine Sendungsnummer erhalten. Neugierig und meinen Drängelinstinkt nun nicht mehr unterdrückend bin ich nun auch da angekommen, wo die „Dezemberlis" im Forum schon waren: halbstündiges Checken des Sendungsstatus per Handy bei der Post. Nur dass ich dabei nicht über eine rote Ampel fahre, vor Freude durch die gute Stube tanze oder mir freinehme, damit der teure Karton nicht vor die Haustür gestellt wird, wie einige Mitwartende im Forum von der Zeit nach Erhalt der Sendungsnummer berichten.

Er kommt gemütlich an, ich stelle auch kein „Unboxing Wundermixer"-Video bei YouTube ein (vielleicht kennen Sie diese „Ich packe den Karton auf und hole alles raus, während ich es filme-Videos", echt seltsam, was manche Menschen für Hobbies nachgehen), habe allerdings doch schon einige Zutaten für unsere liebsten Familiengerichte der neuen Kochbücher gekauft und wir legen gemeinsam los. Ein richtiges Familienevent und auch mein Mann freut sich, wahrscheinlich mehr für mich als für sich, aber ich bin schon jetzt überzeugt: Er wird den Kauf eines halben Wundermixers nicht bereuen, denn ich zaubere ihm herrlich abwechslungsreiche, tägliche Gerichte. Und dann weise ich unsere Tochter ein, denn schließlich soll er ja kinderleicht zu bedienen sein!

P.S.: Ich bekomme keine Provision von Wundermixer für verkaufte Geräte und ich kann auch leider nicht wöchentlich ein Erlebniskochen für jetzt Interessierte ausrichten. Das Buch ist einfach aus dem wahren Leben, des Wartens auf den Wundermixer Anfang 2015, entstanden. Vielleicht konnte ich einigen damit die Wartezeit etwas verkürzen (die natürlich immer variiert je nach Bestellungseingang) und die Vorfreude steigern, Sie vom Kauf abschrecken oder schon mal die Zeit bis zum Erhalt eines Wundermixers verraten.
Unsere nette Frau Wundermixer kann ich sehr gerne weiterempfehlen! Obwohl sie nach dem Herauskommen des Buches sicher ausgebucht sein wird und Sie mindestens 13 Wochen auf ein Erlebniskochen mit ihr warten müssen ☺

Nachwort
Sie, liebe Leser, gehörten ganz sicher zu einer der drei Kategorien vom Anfang des Buches:
1. Entweder Sie haben schon einen Wundermixer: Dann werden Sie sich bestimmt an vielen Stellen im Buch wiedergefunden haben, an die eine oder andere Situation zurückdenken und amüsiert zurückblicken.
2. Oder Sie warten auf den Wundermixer und können sich mit meinen Geschichten und Berichten die Wartezeit etwas verkürzen und auf die letzten Momente bis zum Empfang Ihres Gerätes freuen. Für Sie habe ich den Titel des Buches umgedichtet, denn eigentlich heißt es ja: Warten aufs Christkind! Können Sie sich noch erinnern, wie es bei Ihnen früher war? Schon lange zuvor haben die Verwandten gefragt, was man sich denn vom Christkind wünscht und – zumindest früher- hatte man noch einen sehnlichen Wunsch. Ich zum Beispiel habe mir mal eine „Kinderpost" gewünscht: Ja, so einen gelb-schwarzen Koffer zum Aufklappen des Deckels als Postfiliale mit gut ausgestattetem Inhalt an Einschreiben, Briefmarken, Postkarten. Am linken Rand gab es einen Briefkasten, in den die Käufer dann die geschriebenen Briefe werfen konnten. So landeten Sie direkt wieder beim Postmann. Nun ja, jedenfalls habe ich diesen super Koffer in einem Werbeprospekt gesehen und mir

sehnlichst zu Weihnachten gewünscht. Das Werbeheftchen war schon am 12. Dezember etwas zerblättert, weil ich es unter meinem Kopfkissen aufbewahrt habe und es vor dem Schlafengehen und nach dem Aufstehen täglich angeschaut habe, in Vorfreude, es endlich zu bekommen. Nicht umsonst hat ein von der Ungeduld seines Sohnes genervter Vater den Adventskalender erfunden, um die Wartezeit bis Weihnachten übersichtlich darzustellen und zu verkürzen. Das Buch handelt eben vom gleichen Phänomen: Warten auf eine Küchenmaschine, denn es ist ein noch längerer Weg als die 24 Tage bis Weihnachten, bis sich dieser Wunsch des Habens erfüllt. Sie werden im Laufe des Buches vielleicht noch Parallelen zum Weihnachtswarten festgestellt haben!
3. Oder Sie haben noch keinen Wundermixer und sind einfach nur neugierig: In diesem Fall sind Sie nun schon vorgewarnt für den Fall, dass Sie planen, sich über den Wunderkessel zu informieren!
In jedem Fall hoffe ich, Sie hatten Spaß mit den wahren, teils humorvoll überzogenen und nur wenigen dazu erdachten Geschichten des Buches.
Marion Keil

Danksagung

An dieser Stelle ganz herzlichen Dank an meine Freundin, die mich zum Erlebniskochen eingeladen hat. Außerdem meiner lieben Frau Wundermixer, die mir immer mit Rat und Tat sowie Kochevents zur Seite steht.
Für die Unterstützung und Motivation zum Schreiben ganz lieben Dank an meinen Mann!